Känguru Lesespaß

Henriette Wich

Die Vampirzwillinge

Mit Bildern von Dorothea Tust

arsEdition

Bibliografische Information Der Deutschen Bibliothek

Die Deutsche Bibliothek verzeichnet diese Publikation
in der Deutschen Nationalbibliografie;
detaillierte bibliografische Daten sind im Internet über
http://dnb.ddb.de abrufbar.

5 4 3 2 1   09 08 07 06

Text: Henriette Wich
Titelbild und Innenillustrationen: Dorothea Tust
Titel- und Rückseitenvignetten: Betina Gotzen-Beek
ISBN 13: 978-3-7607-4015-7
ISBN 10: 3-7607-4015-4

www.arsedition.de

Inhalt

Bauchlandung

Vladi trommelt aufgeregt
gegen Stanis Sarg.
„Wach auf! Es hat geschneit.“
Schnell klappt Stani
den Sargdeckel hoch.
„Stark! Dann können wir
mit unseren Särgen
Schlitten fahren.“

Die Vampirzwillinge schultern ihre Särge.
Vladi flitzt hinaus aus der Gruft.
Stani kommt etwas langsamer nach.
Neben der Gruft ist Papas Werkstatt.
Papa zimmert einen neuen Sarg.

„Fahr bloß nicht wieder so wild, Vladi!“, mahnt Papa.
„Und mach nichts kaputt.“
„Ja, ja“, sagt Vladi.
Eigentlich macht er fast nie was kaputt.
Bis auf den Fledermaus-Vorhang, den er neulich zerfetzt hat.

Und die Sonnenbrille,
auf die er sich
zufällig gesetzt hat.
Die Vampirzwillinge drücken sich
an Papa vorbei.

Bei Mama in der Küche
verputzen sie schnell noch
zwei leckere Blutwürste.

Dann fliegen sie
durch den Kamin.

Hinter der Burg
türmen sich die Berge.
Wie frisch geschliffene Vampirzähne
blitzen sie im Mondlicht.
Vladi saust auf den höchsten Berg.
Keuchend kommt Stani nach.
Er kann einfach nicht
so schnell fliegen wie sein Bruder.

Vladi legt sich mit dem Bauch
auf seinen Sarg.
Stani setzt sich lieber normal hin.
„Auf die Plätze, fertig, los!“, ruft er.
Sofort verwandelt sich Vladi
in eine Schneelawine.

„Warte!“, ruft Stani
und düst hinterher.
Plötzlich explodiert die Lawine.
Es kracht und scheppert.
Bretter fliegen durch die Luft.
Stani bleibt vor Schreck
fast das Herz stehen.
„Vladi!“, schreit er. „Ich komme!“

Quietschend bremst er neben ihm.
Vladi sieht aus
wie ein Schneemann.
„So schnell war ich noch nie“,
lacht er.
Stani schluckt und murmelt:
„Zum Glück ist dir nichts passiert.“
„Nur dem Sarg ist
leider was passiert“, sagt Vladi.

„Den kann ich wegschmeißen.
Mist! Papa ist bestimmt total sauer.“
Stani nickt.
„Was soll ich jetzt bloß tun?“,
fragt Vladi verzweifelt.
Stani knirscht mit den Eckzähnen.
Das macht er immer,
wenn er scharf nachdenkt.

„Ich habs!“, ruft er schließlich.
„Wir vertauschen die Särge.
Auf mich ist Papa
bestimmt nicht böse.“
„Ob er das glaubt?“,
sagt Vladi zweifelnd.
„Egal, wir müssen es
einfach versuchen.“

Zu Hause laufen sie gleich zu Papa.
Stani schnieft laut.
„Du, Papa, ich bin
über einen spitzen Stein gefahren
und dann …“
Er hält Papa zwei Sargbretter hin.

Papa schimpft:
„Fährst du jetzt
auch schon so wild
wie Vladi?“

Doch dann nimmt er Stani
in den Arm.
„Hauptsache, ihr seid gesund.
Ich bau dir einen
neuen Sarg, Stani,
aus extra starken Brettern.“

Stani zwinkert Vladi zu.
Später in der Gruft sagt er:
„Wenn der Sarg fertig ist,
tauschen wir noch mal.
Einen extra stabilen Sarg
kannst du
bestimmt gut gebrauchen!“

„Super!“, ruft Vladi,
macht einen Salto
und fegt dabei zufällig
die Kürbis-Lampe von der Decke.

Der Knoblauchtrick

Heute müssen Vladi und Stani
zum Zahnarzt,
ihre Eckzähne
nachschleifen lassen.
Die Vampirzwillinge putzen Zähne
vor dem Spiegel.

„Ich will da nicht hin!“,
sagt Stani ängstlich.
Wenn er nur an Zahnarzt denkt,
wird ihm schon schlecht.
„Kein Problem“, sagt Vladi.
„Wir lassen uns was einfallen.“
Stani knirscht mit den Eckzähnen,
aber diesmal hat er keine Idee.

Da schnippt Vladi mit den Fingern.
„Ich habs!
Ich geh einfach zweimal hin,
erst als Vladi
und dann als Stani!“

Stani fällt Vladi
um den Hals.
Vladi lacht.
„Zwillinge müssen zusammenhalten,
ist doch klar.“

Beim Zahnarzt kommt Vladi
gleich dran.
„Wo ist denn dein Bruder?“
fragt Dr. Kanini.
„Hat der etwa wieder Angst?“
„Nö“, sagt Vladi.
„Der kommt später.“

„Aha“, sagt Dr. Kanini und holt
seine Eckzahn-Feile raus.
Vladi macht den Mund weit auf.
Es tut ein bisschen weh,
aber Vladi zählt einfach
die Fledermäuse auf der Tapete.
Und schon ist es vorbei.

„War doch gar nicht schlimm“,
sagt Dr. Kanini.
„Stani braucht keine Angst zu haben.“
Vladi nickt.
Dann saust er
aus dem Fenster.

Nach drei Runden ums Dorf
landet er wieder bei Dr. Kanini.

Er setzt sich so schwungvoll
in den Behandlungsstuhl,
dass die Kopfstütze wackelt.
Dr. Kanini lächelt breit.
„Ah, **Stani**, schön, dich zu sehen."
Vladi macht den Mund weit auf.
Diesmal geht das Schleifen
noch schneller.

Vladi will schon vom Stuhl springen,
da hält ihn Dr. Kanini zurück.
„Warte!“
Dr. Kanini pinselt eine Salbe
auf Vladis Eckzähne,
die stinkt total eklig –
nach Knoblauch!
„Fertig, **Vladi**“, sagt Dr. Kanini.
Vladi wird rot und dann grün.
Ihm ist total schlecht.
Bloß weg hier!, denkt er.

Zu Hause stürmt Vladi
sofort zu Stani.
„Er hat es gemerkt!
Der gemeine Kerl hat mir
eine Knoblauchsalbe verpasst.“

„Du Armer!“, ruft Stani.
„Hilf mir lieber“, sagt Vladi.
„Der Geschmack geht
einfach nicht weg.“
Stani klaut vier fette Blutwürste
aus der Küche.
„Los, iss, so viel du kannst!“,
sagt er zu Vladi.

Vladi hat gar keinen Hunger,
aber er isst trotzdem.
Nach der vierten Blutwurst ruft er:
„Der eklige Geschmack ist weg!"
Dann fällt er Stani um den Hals.
Und Stani lacht.
„Zwillinge müssen zusammenhalten,
ist doch klar."

Stani hebt ab

Vladi und Stani können es
kaum noch erwarten.
In einer Woche ist
das große Wettfliegen!
Da kommen Vampire
aus ganz Transsilvanien.

Doch sechs Tage vorher
kriegt Vladi plötzlich Frostbeulen.
Mama steckt ihn sofort ins Bett.
„Aber ich muss trainieren!“,
wehrt sich Vladi.
Mama schüttelt den Kopf.
„Du musst jetzt gesund werden.“

Stani setzt sich an Vladis Bett.
„Ohne dich brauch ich
gar nicht erst anzutreten.

Du hast schon so oft gewonnen,
aber ich gewinn sowieso nie was.“

„Quatsch!“, sagt Vladi.
„Du musst trotzdem mitmachen.“
Stani knirscht mit den Eckzähnen.

Auf einmal leuchten seine Augen.
„Trainierst du mich?
Dann hab ich vielleicht
eine Chance.“
„Klar mach ich das“,
sagt Vladi.
Sofort entwirft er
einen Trainingsplan für Stani.

Danach ist er schrecklich müde
und muss erst mal schlafen.

Wann immer es geht,
trainiert Stani.

Am Anfang fliegt er ganz langsam
und ganz kurz.
Von Tag zu Tag schafft er mehr.
Vladi feuert ihn vom Bett aus an.

Und dann ist er da,
der große Tag.
Vladi spuckt Stani
über die Schulter.
„Toi, toi, toi!
Teil dir deine Kräfte gut ein.
Und fang schön langsam an.“
Stani nickt.
„Mach ich.“

Aufgeregt fliegt er
zum Start beim Burgtor.
Alle Vampire sind schon da.

„Hallo Kleiner“, sagt Mirko.
Und Jurek fragt:
„Traust du dich echt,
ohne Vladi zu fliegen?“
„Klar“, sagt Stani.
Mirko und Jurek kichern.

Und schon knallt der Startschuss.
Die anderen sausen davon,
hinein in die erste Schlucht.
Stani fliegt schön gleichmäßig.
Bei der zweiten Schlucht holt er
die anderen ein.
Nur Boris ist noch vor ihm.
Endspurt!

Da vorne ist das Ziel.
Stani saust über die Zielgerade.
Ganz knapp hinter Boris.
„Hurra!“, brüllt Stani.
Kurz darauf steht er neben Boris
auf dem Siegertreppchen.

Er kriegt den zweiten Preis:
„Fang die Fledermaus“,
ein Spiel mit lebendigen
Fledermäusen.
Mirko und Jurek gucken
ganz neidisch.
Stani fliegt einfach
an ihnen vorbei.

Zu Hause sagt Vladi zu Stani:
„Von wegen, du gewinnst
sowieso nie was!“
Stani grinst.
„Ohne dich hätte ich
das nie geschafft.“
Die Vampirzwillinge spielen
so lange „Fang die Fledermaus“,
bis Vladi wieder ganz gesund ist.

Känguru Lesespaß